新装版 父の島

波戸岡旭句集

ふらんす堂

序

私が主宰誌「沖」をもった時に、まず考えたのは、新鮮な匂いのする雑誌を作りたいということであった。これは私の師である水原秋櫻子と同じ考えで、先生は九十近くまで生きられたが、この考えは終生変わってはいなかった。

私も、主宰となった当初とは世の事情も変わり、私の心情も若干変化はしたものの、俳句が新しいみずみずしさを失ってしまってはいけない、という考え方は今も変わらない。といっても、もともと俳句というものは、他の芸術運動とは異なり、老人趣味から脱することがなかなかむつかしいものである。

そこで私が考えたのは、「沖」になるべく若い新鮮な力を加えたいということで、初期にかなり若手の俳人を集めた。その一人が、本著の作者波戸岡旭さんである。

また波戸岡さんは、私の出身大学である國學院の先生である。勿論彼も院友であるから、学校と俳句とで私とは院友と師弟という二重の関係にある。

波戸岡という名はあまりきかない名である。しかも書いてみると字面《じづら》が仲々悪くない。何かの時に生まれを尋ねてみたら、瀬戸内海の生口島《いくちじま》だという。数年前、私は初めて松山から尾道へ行く時に、船で大三島へ渡り、瀬戸内の海の美しさに魅せられた。波戸岡という名もやはり瀬戸内を離れては考えられない名だということを、その地を踏んでみてはじめて感じた。

耕して島は天頂まで潮騒

ちちははの島山つなぎ流燈会

立ち泳ぎして島山をみじろがす

下り立ちて父なき島の油照り

の句は初期の句だが、これらの句を通しても瀬戸内の明るい海の景が見えてくる。初めの方で「ちちははの島」といい、後で「父なき島」という句の間に歳月が当然流れていることが感じられる。

枯れといふ身軽さ海になかりけり

は初期の句ながら写生だけでない、心象風景のような深さに於いて海を捉えている。

水涸れし景とはしばし気づかざる

の句でもそうである。この句は、海の景色ではなく河か池かの景だと思うが、冬の寒む寒むとした心の風景である。

花の奥一枝ふしぎな揺れ見せて

は、志賀直哉の短篇「城の崎にて」の描写を思い出させる力がある。これにも単に写生とだけ言い切れないものがある。ものを見る力が確かなのである。

波戸岡さんは、句会で点を稼いだり、最高点になる型の作家ではない。どっしり構えて、ものの本核を摑んでいく作家だと思っている。若い時に才智をひらめかせる人は、すぐ色褪せてしまうが、波戸岡さんはこの先もっと大きな力の出せる人だと思っている。

湯豆腐のことことと情動くなり

湯豆腐の煮える音から、それを囲む人と人との関係へと移していく手際は仲々のものである。

学校が遠くに見ゆる春の風邪

この句は作者自身のものか、風邪で寝ているお子さんの心を詠ったものか分からないが、心理の翳りが巧みに描かれている。

風薫る景時といふ嵌《はま》り役

今の若い人には珍しく波戸岡さんは歌舞伎好きである。「沖」で芝居の分かる人は少ないが、彼が歌舞伎好きであることから、よく俳句そっちのけで芝居の話になる。忙しいなかを実にいい芝居を見ている。この句の景時は『梶原平三誉石切』の梶原景時であろう。いま梶原役者といえば、吉右衛門か孝夫かという所であろうが、「風薫る」は、おそらく五月狂言に出たのであろう。梶原の芝居はたいてい紅白の梅の釣り枝のある正月狂言だが、先代羽左衛門が、『名橋誉石切《なはたちばなほまれのいしきり》』といって、初夏の狂言になおして上演したことがあるので、「風薫る」も納得できる。

夜食とる大きな頭ばかりなり

何かギョッとする句である。子供たちの勉強後の夜食風景を描いたのであろうが、リアリズムが異状な光景にまで引き上げている。

瀧を見し総身針の如くなり

は説明を要さない句。自然の前には、人間の存在は針のごときものなのだろうが、やはり「瀧」と「針」との対比がするどい。

遠火事に把手の濡れてゐる不思議

の感覚は理屈なくいい。

いま波戸岡さんのいる神奈川支部は、「沖」でもっとも有望な若手を多く擁している支部である。波戸岡さんは、その支部長として信頼の置ける存在である。
句集の出方としては、もっとも時宜を得た出版だと思うが、この句集を土台にして、
更に大きな飛躍を希望するものである。

能村登四郎

昭和六十三年十一月

目次

句集　父の島

青竹　昭和四七年—五一年

雨の輪の重なり止まず蓴生ふ

入日まで山の浮きたつ花菜畑

沈丁の闇を濃くして獨り居る
晴れわたる空を餘さず牧開き
殺し場となる幕が開き蛙鳴く

賣り聲はなくて花茣蓙賣られゐる

潛水の男眞顔で浮き上がる

役者繪の顎うす蒼し秋黴雨

芒野を行くやたやすく道生まれ

鎌倉に鎌倉歌留多ありにけり

死はやはり白色と思ふ夕辛夷

雨後の陽に音のみ乾く八重櫻
満員の電車より花石榴見ゆ
嫌はれて黴は極彩色に酔ふ

母は孫ふえて小さし白あぢさゐ

にこやかに母は死を言ふ夜の蟬

戀といふ闇の流るる夏の橋

山空のぐんぐん晴れて烏頭

むんむんと吾子の匂ひの蒲團干す

島の母起きる時刻の冬の星

走り根の弛み宥さず霜柱

青竹の中驅け拔けて冬休み

枯山のすぐふところに突き當る

まづ言葉あたためてをり朝焚火

片眼つむれば消えさうな雪の村

一月の沖へ石曳く親不知

沖の上の雲凍ててゐる親不知

スキー客ら降りてしまひし寝臺車

處女雪に聲あげてわが倒れたり

雪の谷底へうさぎの跡確か

口中の闇を砕きて年の豆

ひわひわと肩の釣竿梅日和

蓬摘む吾子の故郷となる土手に

仕舞ふ時しばし向き合ふ女夫雛

水のごとき雲下りて來る春の土手

菜の花や空にて混じる子等の聲

ひとすぢに地の冷えのぼりさくら咲く

水使ふ母の背けぶる葱の花

壜の蝌蚪田水に戻し夕暮るる
ふたすぢのちから等しきさくらんぼ
口紅をおとして妻もおぼろめく

眠る子の頭重たし白牡丹

麥秋の明るさに聴く赤電話

立葵咲ききつてもう學期末

麥の穂の盛んな拍手湧くごとし

噴水の背伸びするとき山暗し

島裏を船の行くらし夜光蟲

夜釣火にふところ深き島の山

秋澄むや沖割つて一漁船來る

名月や影繪はいつも狐より

いわし雲未來はいつも蒼さもつ

研ぐ前の砥石濡らすも秋の水

午後は日の甘さに溺れ秋の蝶

悪玉と思ふ甘さの黒葡萄

熱き湯に紅葉疲れの身を浮かす

生き返る母の幾夢木の葉髪

父の島　昭和五二年—五四年

枯木にも見事な枯れといふものあり

青空の深みへ上るスキーヤー

冬耕の母に近づく道あらず

枯れといふ身輕さ海になかりけり

一灣の光暈しぼり冬鷗

日の窪の眞ん中に置く落葉籠

山枯れて隣の町の空が見ゆ

耕して島は天頂まで潮騒

木の芽中父と子が見る一つ星

なにか書きたき日曜の紋白蝶

春星や嬰ははじめてのなみだ溜め

をだまきや母亡き後の姉瘦せて

丹澤の起伏あかるし夕櫻

濕らひて母のゐさうな櫻山

葉櫻となり校庭の緊りけり

端居して冥の母との時過ごす

水打つてまづわが影を濃くしたり

瀧直下踵次第に輕くなり

虹柱野太き聲の壯年へ

太鼓より大きな月が出て宵宮

島を離れても島人青すすき

流燈に泛く父の山母の島

母の忌の過ぎし朝の稲穂垂れ

沖は眼の高さに澄みて蜜柑山

見し夢の輕さに搖るる蓑蟲は

母の忌のあと音たてて紅葉山

遠山は秩父と思ふ冬うらら

招かれて少年雛のごとくゐる

空あるを忘じてをりぬ薔薇の中

章變はるまでの白紙の晩夏光

繪本讀み初めたる吾子の夜長かな

冬川に冬の鳥來てあたたかし

喉元のさびしきあたり枯野の日

一月や門出でて唇一文字

三寒の海側にある市電驛

砂擦つて舟岸に着く柳の芽

單線の奥へ奥へと菜種梅雨

うぐひすや明るき方へ稿つなぎ

沈丁のつぼみ眞實ほど固し

風邪心地鼻から抜けて杉の花

母は子に千の手をもつ柳の芽

川底は日矢縦横に木の芽風

花の奥一枝ふしぎな揺れ見せて

くさめして山の裏側まで櫻

ひとひらは波のかたちの白牡丹

麥秋の島山は裾忘じをり

一灣に聲つきだして夏祭

ちちははの島山つなぎ流燈會
青絲瓜思ひも寄らぬところかな
起きぬけのまばたき強く青山椒

立ち泳ぎして島山をみじろがす
濁流に日の盛りあがる夏の果て
童顔を死までもちゆく熟れ石榴

初鴨のすすむはしづかなる闘志

子が泣いて鶏頭の空焦げくさし

水澄みて地の利を少し知る齢

水澄みて才氣眠たくなるばかり

人の世の襞にもつとも遠き鳰

十本の指垂らし見る唐辛子

夜食とる大きな頭ばかりなり

日かげれば別のうねりの枯木山

水涸れし景とはしばし氣づかざる

青竹を束ね眞冬の流人島

冬かもめ波ともならず漂へり

彈力　昭和五五年―五六年

白鳥の首の高さにもの思ふ

發想といふ彈力の寒雀

乗込みの陽の際までを細波す

龜鳴くか耳の中まで湯冷めして

身のうちの暗きが軋む花あらし

春朧を見し子の頰の固緊り

一灣のひかり厚くて椎若葉

鰹躍る前ふんだんに水走り

海暮れて後ろ手に來る皐月波

太宰忌に水の艶もつ銀の匙

菊根分して金色の土こぼす

海を背に白シャツことにはばたけり

端居して母似の叔父の聞き上手

聲がすぐ山にぶつかる柿の村

稲刈りし血の温もりは背より抜け

柿食うて抜き差しならぬ齢かな

幼児語の不意に出てくる栗の飯

鵙鳴いて妙に遠目の利く朝餉

枯芝の日曜といふ甘き色

夜着重ねふるさとの山濃くしたり

人の世の折目に寒牡丹の渦

麓まで海の碧引く枯木立

凧上りきつてさみしくなるかたち

巨いなる船の横腹塗る寒さ

おかあさんの殊にア音のあたたかし

人と目が合ひやすくなり水温む

一の字のすこし掠れし末黑土手

捨て水の動くかぎりのおぼろ濃し

夕日より遠き月見る花疲れ

春晝の式服おもく歸るかな

弟がすこし強くて草の餅

潮騷の眠くなるまで荒布干

囀りの瞑ればある樹海かな

刃こぼれのやうな日が射す白牡丹

朝の氣のどこか隙ある白牡丹

黑牡丹女ばかりに金こぼす

波輕くなる裸子が驅けてより

沖の帆の風のかたちに晝寢覺

朝の日の斑の定まらず今年竹

睡蓮のひかりの重さだけ開く

學問のたそがれにゐる蟇

八分目といふ人の智慧立葵
瀧を見し總身針の如くなり
青葡萄里に子等だけ泊らせて

正論が負けて艶めく青胡桃

首筋に日の脂ぎる百日紅

霧濕りして山小屋の文庫本

追憶に色あらばこの赤とんぼ

秋風の水にもありて鯉の髭

先端といふ身輕さの烏瓜

木犀のこぼるるほどの母の咎

習ふ手の指より慣れて阿波踊

握手強く握り返すや櫨紅葉

渦潮の渦の遠心いわし雲

野も山も枯れ筆太の恩師の書

山岸徳平先生

卒壽の師へ一番弟子の寒の鯛

景時　昭和五七年―五八年

母失ひし遠き日も冬ぬくかりし

竹馬のきりりと鳴つて良寛忌

肩先に青空が触れスキー履く

受験子のうしろ勵ますほどの風

藁を被ていのちあかりの寒牡丹

よく見ればいつも裏風枇杷の花

不器用に見えしが達意かいつむり

河見ゆるはずなる冬田横切れり

合格といふ實感のゆで卵

末黑野のうはさの邊り杭打たる

さびしさがものを書かせる花曇

後戻りしてたんぽぽの數殖やす

神島へ船もみあぐる波おぼろ

南風の日のひとすぢ強き舫ひ綱

春山の麓は暈《ぼか》す神の智慧

野に巣箱轉がつてゐる聖母祭

母の日の卓布まばゆきほど眞白

酒藏の裏手にも水強く打つ

風薫る景時といふ嵌《はま》り役

妻に客ありて書斎のさくらんぼ

完璧に畦塗つて雲下りてくる

汗ひきし後の話を密にせり

端々のめくれ易くて海の家

大旱の奥の金色佛具店

端居してこの世を拗ねてゐるごとし

あまりにも近きひぐらし人の葬

皆親となりし兄弟祭體

驛に下り大向日葵に對峙せり

眞桑瓜食ぶむきだしの膝がしら

稲妻のとらへし山の巨いなる

ひよろひよろと水折れ曲る在祭

旅に出し子の一日目白芙蓉

海見えて腰で分けゆく眞葛原

秋晴れのもつともまろき土鈴買ふ

うすうすと地を這ふけむり鮭番屋

切れ味の良き男ゐて菊膾

辭世句や鱈の切り身のうつくしき

湯豆腐のこととことと情動くなり

うしろより白き鳥翔つ師走雨

山茶花の内氣が咲かす眞くれなゐ

何の蔓かも伸びきつて冬霞

子の手引く時冬霧のふくらめり

道逸れて下萌といふ時に會ふ

だんだんと母が濃くなる大根干

酔の眼に緋の色まじる冬鷗
夜話のなまぐさくなり雪しづり
咲く前の梅まぼろしの紅もてり

貝寄風やひかりは束ねても脆し

楢山の心音溜まる日の氷柱

そよぐものなんにもなくて芹の水

雪晴れの眼ばかり濡れて山男

孀戀と言へば雪降る思ひかな

再會を期す白息の盛んなる

淺間嶺は雲かけむりか冬鴉

梅ほつほつ咲くむずがゆき日なりけり

木の枝を拾ひて遍路道となる

家の燈が地を這ふごとし菜種梅雨

流寓の翳りとも見て白木蓮

覺めぎはに一句生れしが明易き

宙乗りに顔の波立つ夏芝居
泳ぎ兒の鈴振るごとく滴れり
夕焼や身ぬちに残る波の搖れ

箱根路に雨籠りして迢空忌

二日目も淺間嶺見えず青林檎

膝送りして新涼の疊かな

纜の鳴るさへ海の冬ざるる

炎天　昭和五九年—六〇年

枯山に巣箱からりと晴れわたる

人日の山より下りて來し男

存問の身輕さに雪舞ふことも

寒の鯉明日へ何かをつぶやけり

學校が遠くに見ゆる春の風邪

酔は目からくるもの雪が雨となり

海光の金銀のなか耕せり

桐咲いて疲れし時の眞顔かな

枇杷すする大き瞳を子も持てり

初心とは違ふ白さの泰山木

箸にまづ水の固さの冷奴

下り立ちて父なき島の油照り

かかる炎天の日は島山も漂ふか

虹の根にもつとも濡れて母の島

蚊を打つて別の思惑深まれり

悪智慧のなかの良き智慧熟れ石榴

山ぎはに雲の片寄る風の盆

鉋に浮く銹《さび》のよろしさ紅葉谿

銀杏散るところどころの日のかけら

落葉して八方に隙あるごとし

雁を見しより父情やはらかし

咳込みて妻の苦言を躱《かは》しけり

竹林を出て鎌倉の冬めくや

新札の手ざはり木の葉めく師走

なはとびの波の一つとして跳べり

馬がゐてたんぽぽは地に低き花

まつさらな聲で山呼ぶ花菜畑

蝌蚪の水この世の濁り得て光る

首すぢに大粒の雨桃の花

友一人消え二人消え酒家おぼろ

筍の意地の分だけ曲りをり

青空に手の届くまで遠泳す

山百合の白の極みのうすみどり

抽《ぬき》んでて若竹そよりともせざる

試験開始三分前の黒揚羽

夏帽子目深に湖を遠くせり

メロン切つて一つの迷ひなくなりぬ

引く波に青よみがへる神渡し

月出でて浮葉に波の勘どころ

長き夜の身に覺えなき夢の數

新約より舊約が好き冬の虹

裏山に日當る頃のふところ手

浮寝鳥空にも波のありにけり

マフラーに折目のありし才子かな

咳込みてこの世の深き闇を見し
人の死の輕さに咲いて梅の花

照葉　昭和六一年—六二年

啓蟄と書くより蟄のうごめきぬ

本伏せて白鳥の引く日と思ふ

まぶしさの彼方海あり涅槃寺

花冷の丹波信樂壺の艶

十本の櫻が圍ふ小學校

花守の句碑守として老いゆくか

除幕して句碑鏡なす櫻かな

蟻出でて予報はづれの雨少し

文官の菖蒲武官の白菖蒲
花菖蒲黑主の名もありぬべし
たそがれて昔が赤い金魚玉

竿賣りの聲炎天を昇りゆく

捩り花咲く子が性に目覺むる頃

透明な時音たててゐる泉

濱へみな小さき口開け氷店

揚花火思はぬ色の矢繼早

無花果に乳の汁ある他郷かな

宵闇の青竹しろき粉を噴いて

藤の實のついでに生きてゐるごとし

人の世の隙ある方へ寄る芒

母なくて鶏頭くらき鬉の數

鶏頭のまともに立つてゐるふしぎ

顔見世の一幕目には間に合はず

ほめられもせず山柿の鈴生りに

數へ日の數のほかなる歌舞伎席

行く年の雨後の日珠のごとくなり

かゆきところに手が届く冬霞

團欒にサッカーの子の一人欠く

輕口のほどよき毒も年忘れ

沈む日が滅法赤い枯蓮田

ひとひらの白それからの雪となり

新年會座頭役を受けて立つ

鰆太きかな網元の鏡餅

遠火事に把手の濡れてゐる不思議

冬三日月良寛さまの字に似たり

青麥の島また島の上に海

二つ三つは逆廻りする風車

まぼろし寄席　五句

木戸潜る鶴引く頃と思ひつつ

龜鳴くか高座の座布を裏返し

むらさきの彦六に咳一つなし

志ん生の霞に生きてゐし聲か

樂屋口可樂が首を出す餘寒

自宅より十分といふ春の川

弓なりに考へてゐる今年竹

夏の湖魚眼レンズにをさまらず

思ひ出にふたり祖母ゐる灸花

鶏頭の花であることこだはらず

七草のふぢばかまてふ位取り

蘆刈の入りし方より空亂る

書き出しは海ではじまる秋燈下

一日を照葉のごとき浪費かな

友情のはじめは喧嘩からすうり

蛇穴に入る徹尾まで強氣かな

跋

流燈に泛く父の山母の島

著者波戸岡旭氏の郷里は瀬戸内海の因島《いんのしま》の隣、生口島《いくちじま》だそうである。厳父は著者が二歳のときになくなられたそうだから、以後は母堂の手一つで育てられたのだろう。母堂は農業を営んでおられたらしいが、昭和五十一年になくなられた。

島の母起きる時刻の冬の星

は母堂生前の句、

冬耕の母に近づく道あらず

は母堂歿後の句である。

下り立ちて父なき島の油照り

虹の根にもつとも濡れて母の島

という句もある。

書名「父の島」にまつわることから書き始めたが、実はびっくりしたことから書き始めたかった。佳句が多いことにびっくりしたのである。何を今更と言われるかも知れないが、多士済々の「沖」に於て波戸岡旭氏は必ずしも眩ゆい存在ではなかった。今でこそ神奈川支部長として「沖」の一翼を担っているが、眩ゆい人が多すぎた為か、割合と地味な存在だったように思う。毎月数句ずつ発表していた時にはさほど目立たなかった人が、句集を出して遽かに光を放ったという例はよくあるが、波戸岡氏もその一人であろう。

蓬摘む吾子の故郷となる土手に

菜の花や空にて混じる子等の声

は五十一年、沖作品の初巻頭を得た句だが、それ以前にも、

雨の輪の重なり止まず蕁生ふ
役者絵の顎うす蒼し秋黴雨
嫌はれて黴は極彩色に酔ふ
片眼つむれば消えさうぞ雪の村
一月の沖へ石曳く親不知

等の佳句があり、それぞれ傾向が違っていて、作者の幅広さを思わせる。一句目はしっかりとした写生句、二句目の仄かな情趣、一転して三句目の大胆な表現、四句目の澄んだ感覚、そして五句目は厳しい自然を力強く捉えている。そのほか、

むんむんと吾子の匂ひの蒲団干す
処女雪に声あげてわが倒れたり

のような若々しさに溢れた句もある。

その後も、

仕舞ふ時しばし向き合ふ女夫雛
ふたすぢのちから等しきさくらんぼ
名月や影絵はいつも狐より
口紅をおとして妻もおぼろめく

等、独特な発想の佳句が多く、初巻頭後同人を目指しての精進のほどが偲ばれる。

枯れといふ身軽さ海になかりけり

二度目の巻頭句である。冬の山野と海とを見事に対比してみせた。言われてみれば、山野は枯れて身軽になるが、冬の海は益々重さを加えている。大自然を大きく捉えて十七字で表現してみせた貴重な作品と言えよう。

耕して島は天頂まで潮騒

故郷の島を詠んだものと思われるが、「耕して天に到る」という古来の成語を利用しながらもそれに凭れず、「天頂まで潮騒」と言ったのは見事である。

をだまきや母亡き後の姉痩せて
湿らひて母のゐさうな桜山
端居して冥の母との時過ごす

は母堂逝去後の句で、それぞれしっとりとした味わいがあるが、

母は子に千の手をもつ柳の芽

の母は作者の夫人であろう。愛児に対して限りなく手を掛けている母親を千手観音になぞらえたわけだが、観音様を露骨に出さないところがいいし、柳の芽の配合もいい。芸を感じさせる句である。

木の芽中父と子が見る一つ星
春星や嬰ははじめてのなみだ溜め

前句は長男を、後句は次男を詠んだものであろうか。それぞれ心惹かれる句だ。

子が泣いて鶏頭の空焦げくさし

は愛児を詠んだというより、むしろ愛児を突き放して感覚の世界に入った句。やはり父親の俳句だなと思わせる。感覚といえば、

水打つてまづわが影を濃くしたり

の鋭い感覚もよい。

こういう秀作の積み重ねによって沖同人に推薦されたのだが、同人になってからの句で特に注目したものに、

おかあさんの殊にア音のあたたかし

がある。子供が遠くから母を呼ぶ時の「おかあさあん」という声が聞こえてくるようだ。あのア音には独特のあたたかさがある――とはこの句を知ってから言えることで、あのなつかしい声を俳句に詠み留めた人は波戸岡旭以前には居なかった。

箱根路に雨籠りして迢空忌

著者が國學院大學に入ったのは迢空折口信夫先生の歿後十二、三年過ぎてのことであるから、勿論折口先生の謦咳に接してはいない。しかし國學院に学んだ人にとって、折口信夫は永遠に憧れの的であろう。折口博士は箱根で病篤くなり、角川源義氏の車で東京に帰り、五日後慶應病院でなくなられたのだが、その間の事情をうすうす知っていた著者が丁度迢空忌の頃に箱根に居たのは一つの縁であり、賜わるようにして生まれた句とも言えよう。

膝送りして新涼の畳かな

前句と同じ頃の作。「どうぞお膝送りを」と言われて、坐ったままで席を詰めてゆくことはよくあるが、勿論和室の畳の上での事。新涼は初秋の季語には違いないが、単に初秋の涼しさを表すだけでなく、藺草の香りまでも感じさせる。軽みの成功句と言えよう。

志ん生の霞に生きてゐし声か

「沖」二百号記念のコンクールに波戸岡氏は俳句と随筆の両方で応募し、随筆は二位で入選したが、俳句は惜しくも入賞を逸した。「霞に生きて」と題する二十句で、すべて寄席に取材している。私は相当にいい点をつけた記憶があるが、素材が珍し過ぎたためか、選外の一席で、本当に入賞すれすれというところであった。寄席の芸でも特に落語を好まれているらしいが、この句など、志ん生の声の特色を精一杯に表現したと言えるだろう。二十句の内五句を本書に収めてあるが、これはその代表句である。

さて、この跋文では引用句もすべて新字体にしておいたが、本文は旧漢字である。旧漢字に未練を持つ明治生まれの人ならともかく、昭和二十年生まれの著者が何で旧漢字にこだわるのかと思う人もあろうが、著者が國學院大學の漢文学の先生だということを知れば納得するであろう。原稿を拝見して、旧字体をよく御存知なのに「流石」と感服したことであった。

漢文学者ならば漢詩を嗜むというのが常識であろうが、現代人の息吹は漢詩では表現しにくい。私の中学時代には英語の先生が漢詩を作っていたものであるが、時代が大きく変わった。書斎や研究室では古典に取組んでいても、そこを一歩出れば現代人なのであるから、現代詩でも、現代短歌でも、現代俳句でも作ったらよいのだ。そして著者は現代俳句を選んだ。

俳句を趣味として、時たま一句ひねるといった学者もあっていい。しかし波戸岡氏は句集を出版して世に問うのである。学者であると共に、れっきとした俳人でもあるという自覚を持って、一層の精進をされることを希望し、筆を擱くことにする。

林　翔

昭和六十三年　初秋

あとがき

かつて或る恩師が、私とよもやまの話をして下さっていた折、ふと、「私は若い頃には歌を作っていましたが、研究のためにやめたんですよ」とつぶやかれた。何気なくおっしゃった一言だったが、その時私はぎくりとしたのを、いまも昨日のことのように思い出す。折口信夫の高弟で、斯文の碩学である師の言葉に強く胸打たれ、自ら顧みて忸怩たるものがあった。菲才をかこちつつ、句作と称して空転する時間に苛立《いらだ》ちを覚え、幾度か俳句を断念しようと思っていた頃である。

けれど、季節の移ろいに出合うたびに、いつのまにか句らしきものを案じている自分に気づき、結局はとめられないできた。そうした迷いの時期にも、ともかくも「沖」への欠詠だけはしないできた。とりたててこれといったきっかけもないが、やがて、自分にとってはこの道も捨て難いものであることを、日一日と確信するようになった。俳句をやってきたお蔭で、いろいろな場で、かけがえのない人々と知り合うことが出来たし、また様々な自然の姿を見出し得ることがわかった。自己に対する小さな発見も幾度か有り得ることにも気づいた。

だから今は、自らの拙い作品を慨嘆するよりも、そうした出合いのよろこびを素直によろこび、感謝する思いでいっぱいである。

此の度、能村登四郎先生より、句集上梓のお勧めを戴いた。これを機に、明日の俳句へ踏み出すための一里塚とすべく、刊行を決意した。

本書の出版にあたり、能村登四郎先生から御選と句集『父の島』の命名そして序文を、林翔先生から跋文を頂戴した。身にあまる御慈愛に対し感謝の言葉もない。

両先生には、平素より厳しくも温かい御指導を賜っていることとを併せ、衷心より御礼申し上げたい。

また、一々の御名前は省かせていただくが、「沖」誌の先輩・畏友の方々、神奈川支部の皆様に対し、感謝の念は尽きない。

能村研三氏・大関靖博氏には刊行にあたり、随時適切な御助言をいただいた。ふらんす堂の山岡喜美子氏には諸事に亙ってお骨折いたゞき、その上、亞令氏の瀟洒な装幀を得た。心より感謝の意を表したい。

昭和六十四年一月五日

波戸岡　旭

復刻新装版のためのあとがき

まもなく年号が変わる。第一句集『父の島』の上梓は、昭和の最後の年であったから、あれからおよそ三十年が経ったことになる。この間、『天頂』『菊慈童』『星朧抄』『湖上賦』『惜秋賦』と、第六集まで編んだ。

平成の終わらんとする今、第一句集を文庫本化することに、さしたる意義は見出せないが、それでも自分にとって、今一度、原点であるものをとりだしてわが出発の足場を確認しておくことはそう無意味だとも思えない。

来年、わが「天頂」は創刊二十周年を迎える。それを記念に第七集を上梓することも考えているので、このたびの新装版上梓は、少なくとも私にとっての更なる飛躍のための踏み板とするという意義はあるかと思うのである。

とまれ、今見えているものの先を見、今聞こえているものの先を聞き、今詠めたその先を詠みたいと願う。この一念が私の句作を動かす原動力であることを、ここに記しておきたい。

平成三十年九月吉日　　波戸岡　旭

著者略歴

波戸岡　旭（はとおか・あきら）

昭和20年5月5日・広島県生まれ
昭和47年「沖」入会 能村登四郎に師事
昭和55年「沖」同人
平成11年「天頂」創刊・主宰
句集に『父の島』『天頂』『菊慈童』『星朧抄』『惜秋賦』
研究書に『上代漢詩文と中國文學』『標註　日本漢詩文選』『宮廷詩人 菅原道真――『菅家文草』『菅家後集』の世界――』『奈良・平安朝漢詩文と中国文学』
エッセイに『自然の中の自分・自分の中の自然――私の俳句実作心得』『猿を聴く人――旅する心・句を詠む心』『遊心・遊目・活語――中国文学から見た俳句論』『江差へ』
國學院大学元教授・文学博士
俳人協会会員

現住所
〒225-0024　横浜市青葉区市が尾町495-40

発行　二〇一八年一一月二〇日　初版発行
著者　波戸岡　旭© Akira Hatooka
発行人　山岡喜美子
発行所　ふらんす堂
〒182-0002　東京都調布市仙川町一―一五―三八―2F
TEL（〇三）三三二六―九〇六一　FAX（〇三）三三二六―六九一九
URL http://furansudo.com/　E-mail info@furansudo.com

父の島（新装版）

振替　〇〇一七〇―一―一八四一七三
装丁　君嶋真理子
印刷所　三修紙工
製本所　三修紙工
定価＝本体二三〇〇円＋税
ISBN978-4-7814-1123-1 C0092 ¥2300E
乱丁・落丁本はお取替えいたします。